Too Close To Love

Akira Nakata

AF204413

Aus dem Japanischen von Diana Hesse

Too Close To Love

Inhalt

1. Episode

Too Close
To Love

TOCK TOCK

Hallo!

Dass ich plötzlich einen kleinen Bruder bekam...

I. I.

Wenn Motoya von Familie spricht...

... meint er nicht die Art von Beziehung, die Jace und mein Vater haben, das ist mir klar.

Papa...

... hat's echt gut...

Shizuka.

Glaubst du, du kannst dich hier einleben?

14

Na klar.
Meine Gefühle...
... haben da nichts verloren.
Also...
HAH
HFF
HFF
HFF
Hn...
Huff...
HFF
HFF
ZUCK
ZUCK
TSCHUPP
TSCHUPP
Motoya ...

... werde ich...

... meine Gefühle einfach unterdrücken.

BALL

Hah ...

Hah ...

5:50

Oh? Du bist ja früh dran.

Bis später!

17

Du gehst um diese Zeit zur Arbeit?

Wah!

J...Ja! Die aktuelle Baustelle ist etwas weiter weg.

Er kommt also erst morgens nach Hause.

Morgen sollte ich also etwas früher los. Oder besser später?

Du bist gerade nach Hause gekommen, Motoya?

...

Will-kom-men!

Bis dann!

Hach...

Wie war das? Motoya arbeitet in einer Bar?

18

*Ich möchte,
dass wir die
»gute Familie«
werden, die
sich Motoya
wünscht.*

Schlafzimmer
im EG

*Darum
hoffe ich,
dass er mir
vorerst ein
wenig Abstand
gönnt.*

*Denn wenn ich
noch mehr Zeit
mit ihm ver-
bringe, werde
ich mich unter
Garantie noch
mehr in ihn ver-
lieben.*

Ah!

T...Tut mir leid!

Das Licht war aus, darum dachte ich, es wäre niemand drin!

Ah...

Du bist wieder da.

Ich geh raus, also ab unter die Dusche!

Ach...

Schon gut...

Nicht so schnell! Du bist total durchnässt.

...

Al...

Ist schon gut.

Sag's ruhig.

...

Bist du in mich verknallt?

...so...

Ja...

...

... bin ich...

J...

Ma-
chen
wir...

... erst
mal was
gegen
das da.

Hä?

Ah!

Außerdem
erkältest
du dich in
den nassen
Klamotten.

SCHWUPP

Zieh
dich
schnell
aus!

Was
...?!

Wir
gehen
zusam-
men du-
schen.

Ist
nicht
nötig!

Hä?

Nein!

28

Hihi.

...

Wie wird
es...

... von jetzt
an wohl wei-
tergehen...

...mit
unserem
Verhältnis
zueinan-
der?

Da war nie
Eis zwischen
uns.

Huch? Habt ihr
endlich das Eis
gebrochen?

llt shizuka und 5629 weiteren Personen

abusa_manga
_Close_to_Love #Akira_Nakata
oshi_Files #WarumGeradeDu #UnterEinemDach

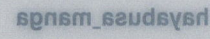

2. Episode

Eines Tages zog der Partner meines Vaters bei uns ein...

...

... und ich bekam einen großen Bruder.

ZZZ

Bist du in mich verknallt?

In dem Mo- ment...

J...

Ja...

... bin ich...

ZZZ

ZZZ

Er hat einen gesunden Schlaf...

Aber das ist gut so.

Ob Papa wohl auch so für seinen Vater empfindet?

Das ist das erste Mal, dass ich so über einen Mann denke.

KRSCH KRSCH KRSCH KRSCH KRSCH

KRSCH BLINZEL

... fand ich Shizuka wirklich süß.

Wah!

Seit-
dem
...

Haha!

Du bist
ein ko-
mischer
Vogel.

... steht
Shizuka
wieder zu
normalen
Zeiten auf.

Ich
schätze,
er meidet
mich jetzt
nicht
mehr.

Puh...

Aber ich
finde diese
Uhrzeit immer
noch viel zu un-
menschlich...

Da ist was dran.

Zum Glück sind die Züge dann nicht so voll.

Ich sagte doch, dass die aktuelle Baustelle weit weg ist.

Ich hätte neulich genauer hingucken sollen.

...

Bei genauer Betrachtung hat Shizuka einen gut gebauten Körper.

Kommt sicher von der körperlichen Arbeit.

Mh...

Okay...

WUSCHEL

WUSCHEL

Glotz nicht so!

Entschuldige, dass ich dich damit so überfalle, aber hättest du heute Abend Zeit?

Shizuka!

Hä?

Ah! Ja?

Was ist los?

Was hast du denn, Motoya?

Die Pause ist gleich vorbei.

Hmmmmm...

Power He

B1

RED

Ich war schon ein paarmal hier.

Es würde mich interessieren...

... wie dir die Bar gefällt.

Ha?

Mir?

Ehrlich gesagt ...

... war ich noch nie in so einer Bar.

Ach...

Oh, der Chef!

Jace! Lange nicht gesehen!

Ver-stehe...

Verträgst du denn Alkohol, Shizuka?

Ich glaube, es ist zwei Monate her!

Was?

Ah...

Aha.

Du trinkst einen Salty Dog?

E...

Ein biss-chen geht schon...

Ja.

Stimmt.

J...

Du bist also Motoyas Bruder?

Freut mich!

Ja, das stimmt!!

Ach?

Wirk-lich?

Unser Barkee-per ist bekannt für seine Cocktails.

...

Tja, familiär hat sich einiges verändert...

51

Ich mache ihn ganz eindeutig nervös.

Unglaublich, dass mich das...

... freut.

Sein Blick sagt: »Ich habe Herzklopfen«.

Motoya!

...

Irgend-wie...

... wollte ich dir noch ein bisschen länger bei der Arbeit zusehen.

Hier hast du ein neues Erfrischungs-tuch.

... dass du noch bleiben willst.

Hätte nicht ge-dacht ...

Ah!

SCHRECK

...

Er ist wirk-lich...

Wird er ehrlicher, wenn er trinkt?

Wie dann?

'S...So meinte ich das nicht!

Also... Ähm...

GROOOLL

ANGEPISST

Hä?

Ah!

... macht man, wenn man jemanden mit dem Ellenbogen ins Gesicht schlägt?

Richtig, wenn man jemanden tritt, entschuldigt man sich.

Und was...

Es tut mir leid!

GROLL

GROLL

Hmpf!

Kommt dein Bruder klar?

...

Hä?

Fällt es sehr auf?

Ein Besoffener hat mir eine mit dem Ellenbogen verpasst.

Genug, um dich gar nicht in die Bar rein-lassen zu wollen.

Hm...

?!

Motoya! Was ist mit deinem Ge-sicht?!

SINCE 1999

Der Gast, der sich zu ihm gesetzt hat, hat Tequila Shots bestellt.

Heute ist nicht viel los.

In Ordnung. Kühl deine Wange, wenn du zu Hause bist!

Entschuldige.

Darf ich heute früher Feierabend machen?

Aber da er dein Bruder ist, wollte ich dir Bescheid sagen.

Wenn er sie verträgt, mische ich mich nicht ein.

Den trinkt man in einem Zug! Auf ex!

Hab ich noch nie getrunken.

Tequila?

Du solltest jetzt Schluss machen.

Halt!

Ah.

?!

Moment mal! Sind Sie nicht Kellner hier?

AUF EX

Und er gehört zur Familie, deswegen nehm ich ihn jetzt mit nach Hause.

Ja.

Motoya, wieso hast du dich umgezogen?

Weil wir nach Hause gehen.

Tsk!

Unsere Väter schlafen wohl schon. Sei schön leise!

Richtig.

Danke, dass du mich nach Hause bringst.

CREAK

Ach, du wohnst ja auch hier, Motoya!

Zum Glück hat Jace mir Geld fürs Taxi gegeben.

KLIRR

I...
Ich
muss
noch
baden
...

Ob ich
über-
haupt
einen
hochbe-
komme?

Kommt
nicht
infrage.
Du bist
betrun-
ken.

FLUTSCH

Ah...

ERRÖT

FLUTSCH

FLUTSCH

Mo...

...toya...

Das ist...

FLUTSCH

PAMM

FLUTSCH

Mh!

Mh!

Mh!

Mh...

!

...

Ich steck ihn nicht rein.

Motoya...

Bist du auch in mich ver- liebt?

Was?

Too Close To Love

3. Episode

»Wir sollten
das von jetzt
an lieber
lassen, ja?«

Ent-
schuldige
mich kurz.

Ach...

Weil ich
zu wild
war?

Hä?

*Tut mir
leid.*

Tut
mir
leid...

Ich
fühl
mich
nicht
gut...

Ich spül
trotzdem
mal.

In Wahr-
heit
geht's mir
eigentlich
gut.

SPLASH

»Bist du auch
in mich ver-
liebt?«

Motoya ist bestimmt beliebt.

Frauen, die für ihn schwärmen, wären wahrscheinlich froh über diese Worte.

Auf diese Frage zu antworten...

»Ich find dich süß.«

... ist echt unfair.

Beim ersten Mal...

... hab ich mich auch darüber gefreut.

»Du bist echt süß.«

Bist du wieder fit?

Also...

Eine Mütze voll Schlaf regelt das schon.

Hm... Nicht ganz...

Weiß nicht.

Norma-lerweise...

Vielleicht hättest du den Tequila sogar ver-tragen.

Hat er vor, wieder mit in mein Zimmer zu kommen?

... trinke ich ja nur Bier.

Da sind viele Eigen-kreationen des Chefs dabei.

Die meisten Drinks auf eu-rer Karte hab ich noch nie getrunken.

Wird Motoya mir folgen, wenn ich jetzt in mein Zimmer gehe?

Was mache ich, wenn er mich wieder...

... nach dem Grund fragt?

Shizuka.

Jo.

Ach so?

...

Ah.

Uns sind die Gesprächsthemen ausgegangen.

POCH

Viel-
leicht...

... hat sich
ein Teil
von mir
gewünscht,
dass er sagt,
er möchte
nicht damit
aufhören.

»Ich find
Satoshi...

...wirklich
süß.«

Es ist
mir selbst
zuwider, wie
egoistisch
ich bin.

Wir sind jetzt sieben Jahre zusammen...

... und er ist immer so fröhlich.

Ah!

Du bist natürlich auch süß, Shizuka!

WUSCHEL

WUSCHEL

!

Wääh!

Der Mann,
der meinen
Vater süß
nannte...

... hat
ihn spä-
ter zum
Weinen
gebracht.

Mir ist klar, dass Motoya nicht er ist...

... aber ich glaube, ich habe Angst davor, wie mein Vater verlassen zu werden.

Wir sind uns etwas zu nahe gekommen...

... aber es ist noch nicht zu spät.

Guten Morgen, Shizuka!

Ich kann es noch beenden...

... be- vor ich verletzt werde.

Bleibst du noch, oder gehst du auch, Shizuka?

Morgen muss ich auf Geschäftsreise, deswegen kann ich heute nicht lange bleiben.

Ah!

Davon hat er in der Bar erzählt.

Hä?

Ich breche jetzt zu meiner Geschäftsreise auf!

Klar.

Pass auf dich auf!

Motoya schläft wohl noch?

Ganz vergessen!

He!

Ich bin eine Weile weg! Kümmere dich so lange ums Haus!

Ah!

G...Gestern ist es spät geworden...

Bestimmt schläft er noch.

Hahaha. Na ja, das ist ja nichts Neues.

Ich bin froh, dass du dich inzwischen gut mit Motoya verstehst.

Um ehrlich zu sein...

... hat er mich vor einer Weile gefragt, ob du ihm vielleicht aus dem Weg gehst.

Ich bin dann weg!

Ich war nur...

... ein bisschen nervös am Anfang.

Haha.

Das ist verständlich.

Es wäre schön, wenn wir an den Wochenenden alle gemeinsam essen könnten...

... aber Motoya muss ja auch samstags arbeiten.

Motoya hat sich also...

... Gedanken um mich gemacht?

Ja...

Arbeitskleidung

Sato

Es kann so nicht weitergehen.

RASCHEL

Ich will neue Arbeitskleidung kaufen.

Gehst du heute weg?

Immobilien

Motoya hat von Anfang an versucht, auf mich zuzugehen...

... aber mich bringt das nur in Verlegenheit...

Andererseits ...

...

1DK

1DK

1DK

2DK

Nanu?

Da ich arbeite, sollte ich es mir leisten können, alleine zu wohnen...

... wäre es auch blöd, kurz nach dem Einzug wieder auszuziehen...

Dass ich überhaupt bei ihnen eingezogen bin...

... aber der Hauptgrund war für mich, dass ich mir Sorgen um meinen Vater gemacht habe.

lag zwar zum einen daran, dass sie mich darum gebeten haben...

Bist du nicht Motoyas Bruder?

Hä?

RISS

Hat Motoya dir nichts erzählt?

H... Hab ich irgendwas angestellt?

Ich erinnere mich nicht...

Ein Gast hat dich angebaggert.

Es hätte nicht mehr viel gefehlt und er hätte dich abgeschleppt.

?!

Entschuldige, dass ich nicht sofort eingeschritten bin, das war ja schon eine etwas heikle Situation.

Genau! Wir haben uns gestern gesehen!

Ah!

Der Chef der Bar?

Was?

Ach ja, richte Motoya bitte aus...

... dass ich ihm den Tequila vom Lohn abziehe.

Hm?

Na ja, ich bin froh, dass nichts passiert ist. Wir werden in Zukunft besser aufpassen...

Bist etwas schwer von Begriff, was?

Das hätte übel ausgehen können!

Dass dieser fremde Typ auf einmal was mit mir trinken wollte...

Das kam mir gleich komisch vor!

Jetzt, wo Sie es sagen...

... also komm doch mal wieder vorbei!

Hä?

Ah!

Äh, ja. Ich komme wieder vorbei.

?

Shizu-ka?

So war das also...

Ah...

Stimmt ja! Motoya war verletzt!

Er hat mir geholfen...

SCHRECK

SCHOCK

Jetzt hat er mir seine Karte gegeben...

TAPP
TAPP

TAPP

Willkommen daheim.

Bin wieder da!

KLACK
BATAMM

Ah!

TAPP
TAPP

94

Hab ich doch gern gemacht.

LÄCHEL

カ‐ッ
ER
!
あ‐‐ッ
RÖT

Wie konnte ich mir nur einbilden...

Ich nehme auch Tee.

... dass es noch nicht zu spät wäre?

Möglicherweise...

... ist der Zug schon abgefahren.

Hihihi.

"

"

4. Episode

Seinem Blick nach zu urteilen...

... hat er immer noch etwas für mich übrig.

»Hab ich doch gern gemacht.«

Bin wieder da.

KNACK

...möchte doch noch mehr...

Mehr was?

Warum wollte er dann, dass wir damit aufhören?

Ich...

!

!!

ピリッ

SCHRECK !!

GYAAAH...

Ähm...

Du schaust dir einen Film an?

Welchen?

Will-kommen zurück.

War ein Witz!

Blödsinn!

B...

Er kann es nicht verbergen.

Selbst in dieser Dunkelheit kann ich erkennen, dass er rot angelaufen ist.

»Wir sollten das von jetzt an lieber lassen, ja?«

Ich bin wirklich froh, dass er jetzt einen kleinen Bruder wie dich hat.

Ja?

Danke, dass du dich mit Shizuka angefreundet hast.

Ich bin ja auch dankbar.

Natürlich.

Als ich Shizuka aufnahm, hab ich mir geschworen, ihn glücklich zu machen.

Doch nach der Trennung von meinem Ex hat er sich sehr zurückgezogen.

Was?

Das gilt auch für dich, Motoya. Du kannst es mir ruhig sagen, falls du mal Sorgen hast.

...

Shizu-ka...

Schließlich bist du jetzt auch mein Sohn.

... fällt es schwer, auszusprechen, was er sich wünscht.

...

Satoshi.

Hm?

Ah!

Das war Shizuka, stimmt's?

Er hat nach dem Essen wieder mal nicht aufgeräumt!

Okay ...

Freust du dich ...

...

... wenn Jace dir sagt, dass du süß bist?

Ja, das tue ich.

Ihr seid ja ineinander verliebt.

Klar.

Und ich vermute, seine Reaktion darauf war nicht gut?

Hä?

Hast du das zu Shizuka gesagt?

ガチャ KLICK

Ah.
Willkommen daheim. Guten Morgen.

Shizuka, hast du kurz Zeit?

Komm rein.

Klar. Was gibt's?

?

!

...

Du bist
süß.

Hah

Hah

Hah

!

Hah

War-
um?

Frag
doch
nicht
so...

Ich sag
doch, das
ist mir un-
angenehm!

Ist es denn schlimm, die Person, die man liebt...

L...

... süß zu finden...

... und es ihr zu sagen?

Liebt...?

Du bist einfach so süß, ich kann nicht anders.

...

Ach...

Also...

Bitte zieh nicht aus!

Das hab ich schon längst abgehakt.

Mein Chef hat es mir erzählt.

Hä?

Uh...

Too Close
To Love

»Ich liebe dich, Shizuka!«

Offen gesagt, war ich verunsichert, wie viel Nähe zu Motoya akzeptabel ist...

... um eine gute Familie zu sein.

Hä?!

Ah...

Wir sind also beide ineinander verliebt, ja?

Es war, als versuchte ich, eine klare Linie zwischen uns zu ziehen, konnte es aber nicht.

Aber ich liebe ihn nun mal.

Gute Nacht, Motoya!

Jo.

WAPP

... ist tödlich!

Das hat mich noch heftiger getroffen, weil ich Motoya schon ein paar Tage nicht mehr von nahem gesehen habe!

SCHLAPP

...

Dieser Blick...

SWOSCH

SCHLAPP

Shizukas Zimmer

»Ich liebe dich, Shizuka!«

E...Es geht mir nicht aus dem Kopf!

Ich muss...

... zur Arbeit!

...

KNIRSCH

»Wir sollten das von jetzt an lieber lassen, ja?«

... weil mir nicht klar war, warum er überhaupt was von mir wollte.

Damals hab ich Motoya zurückgewiesen...

...

J...

Ja.

QUIEH

Komm rein!

Willkommen daheim.

Bin wieder da.

Ich bin so frei...

Sorry, hab ich dich geweckt?

Nein.

Ich war wach.

Ah!

SCHMATZ

Hey!

Lach nicht!

Pff...

Hi...

...hi!

H... Hab ich mich erschreckt!

Hah...

Hah...

Du küsst gerne, oder?

Motoya...

Weil es mir so vorkommt, als wärst du mir schon einmal ausgewichen...

Aber das ist nicht der Grund.

Ich find's nicht übel.

!

!

... möchte ich dich am liebsten mit Küssen überschütten.

Er hat mich durchschaut...

»Motoya... Bist du auch in mich verliebt?«

Mein Vater kommt heute Abend von seiner Geschäftsreise zurück. Wollen wir...

Heute...

... hab ich den ganzen Tag nachgedacht.

Nein.

Das heißt, du wusstest, dass zwischen den beiden etwas läuft?

Unsere Familienkonstellation war ja von vornherein etwas ungewöhnlich.

Ich hatte nur mitbekommen, dass Shizuka Motoya offenbar nicht aus dem Kopf ging.

Wenn ihr zwei euch einig seid, ist das alles, was zählt.

Wenn nicht dir, wem dann?

A...Aber mir steht es wohl nicht zu, große Reden zu schwingen.

Ah!

Muss ich auch noch.

Shizuka.

War ich zu vorschnell?

Also gut! Stoßen wir darauf an! Dazu gibt es die Oshizushi*, die ich mitgebracht habe!

Ziehen wir uns erst mal um.

* in eine eckige Form gepresste Sushi

...

Nein.

Das war gut so.

Gern geschehen.

Ihr seid euch wirklich ähnlich.

PLÄTSCHER

Gerade diese forsche Art...

... mag ich so...

... an ihm.

Okay.

Ich geh mich umziehen.

Shizuka drückt seine Gefühle eher durch seine Mimik als durch seine Worte aus.

Das ist bei dir genauso.

Ich platze gleich!

Wie?

Haha.

Darf ich mich in deinen Futon legen?

Von mir aus...

Motoya!

SCHWUPP

Äh... Was wird das?

Jo.

Darf ich mit auf dein Zimmer?

Klar.

Na, wenn wir jetzt ein Paar sind, will ich auch mit dir zusammen schlafen.

Aber mein Zimmer befindet sich ja direkt über dem von unseren Vätern.

!

...

Natür-
lich.

Motoya
...

... du
willst es
also...

... wirk-
lich
tun?

Aber
nicht als
schnelle
Maßnahme
gegen eine
Erektion.

Um es
ganz simpel
auszudrücken:
Ich will dich
vögeln.

!

ERRÖT

Ich will auch...

Und du, Shizuka?

...

Du meintest, es wäre dir nicht unangenehm?

Immerhin...

... weiß ich jetzt, wie Motoya empfindet.

... mein Zimmer ist direkt über dem Wohnzimmer. Wenn unsere Väter noch dort sind...

Aber ...

...

6. Episode

Too Close
To Love

Shizuka, hast du einen bestimmten Wunsch für unser Date?

...

Ähm...

Gehen wir doch einfach dahin, wohin du möchtest, Motoya...

RATTER

In deinem Zimmer steht doch auch nicht viel, Motoya.

Eigentlich nicht.

Brauchst du irgendwas? Dein Zimmer ist ein bisschen leer.

Wir könnten shoppen gehen...

Ach, was mein Zimmer angeht...

Wird wohl Zeit, mit den Ausgrabungen zu beginnen.

Wir nennen es die verbotene Kammer.

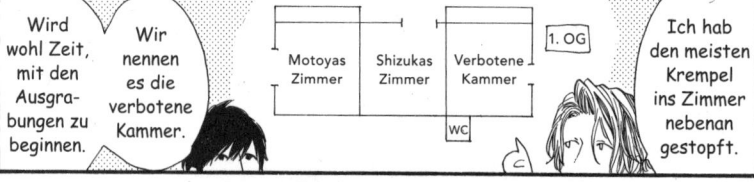

Motoyas Zimmer	Shizukas Zimmer	Verbotene Kammer	1. OG
	WC		

Ich hab den meisten Krempel ins Zimmer nebenan gestopft.

POCH

Ausgrabungen?!

Okay.

Ich geh jetzt zur Arbeit.

Bis dann.

Viel Spaß!

Hätte nicht gedacht, dass Motoya der Typ ist, der im Voraus Pläne fürs Date schmiedet.

Ich hätte mir was überlegen sollen.

Wichtiger ist aber die Frage...

... was ich...

Aber ich hab wirklich keinen speziellen Wunsch.

Motoya und ich im Freizeitpark wäre auch irgendwie...

Motoya! Hast dich ja lange nicht blicken lassen!

Kommst du nicht rein?

Hallo!

...

Die neue Kollektion kam letzte Woche.

Ah!

Die aus der aktuellen Saison sind da drüben.

Ich hab mich nicht getraut...

Ach...

Ist vielleicht nicht dein Geschmack...

Aber das hier würde dir stehen, finde ich.

← knallrot

Auch in der Öffentlichkeit...

Hey! Motoya!

NEU

Er ist wirklich genau mein Typ.

... ist er echt cool...

Ah...

Ich will nur nicht, dass du dich zurückhältst.

Solange du zufrieden bist, hab ich damit kein Problem.

...

Ich hab schon früh kapiert, dass unsere Familienkonstellation ungewöhnlich war.

Das hat mein Vater auch mal zu mir gesagt.

Die Planung für heute hab ich zwar dir überlassen, aber ich denke...

Kann sein, dass ich mich als Kind tatsächlich zurückgehalten habe.

... dass ich schon ziemlich eigensinnig sein kann.

Letztens?

Na ja, ich schätze, wenn du etwas willst, sagst du es auch, so wie letztens.

...

Als du noch in der Bar geblieben bist, weil du den Blick nicht von mir lassen konntest.

Sei bitte öfter so eigensinnig.

Und wenn schon, was ist dabei?

W...

Wenn du es so ausdrückst, klingt das so obszön.

!

Mh!

Mh!

Mh!

Mh!

Hah...

Ein bisschen ...

Und...

KEUCH

KEUCH

Bist du sauer, weil ich dich letztens nicht küssen wollte?

Außerdem warst du vor Nervosität in Schockstarre, da wollte ich die Situation etwas auflockern.

Wenn sich die Gelegenheit schon mal bietet ...

Muss ich ja! Als ich im Bad war, hast du meine Klamotten versteckt!

... ich hab mich so gefreut, dass du einen Bademantel trägst...

Ich dachte mir schon ...

... dass wir es heute tun, also hab ich...

... mich selbst ...

Mh...

Ah!

FLUPP FLUPP

Hn...

Da hab ich wieder eine neue Seite an dir entdeckt.

Ich konnte ja nicht ahnen, dass du dich in diesem Ausmaß mit ganzem Körpereinsatz mitteilst...

Ach, na ja...

Wobei es dir schon anzumerken war...

Sag doch direkt, dass du das Gleiche hast!

Darum wollte ich mein Glück mit der Optik versuchen.

Ein Herz und eine Seele, was?

Ach, vergiss es.

Lassen wir sie einfach an, ja?

Hä?

Was für ein Ausmaß?

Too Close To Love

Ende

So ungefähr fünfzehn.

Wie viele Kapuzenpullis hast du eigentlich?

Bonus Track

Zzz

Es dauert noch, bis er auf- steht...

Hm?

ROLL

Zzz

Zzz

Er hat wie immer einen gesunden Schlaf...

Ist schon richtig zur Angewohnheit geworden, dass ich ihm beim Schlafen zusehe, wenn ich von der Arbeit komme.

Heute hab ich ja frei, also halb so wild.

Das ist nicht das Problem...

Das nicht ...

Wenn das schon sein muss, dann weck mich doch...

Ich erschreck mich sonst zu Tode!

Nächstes Mal ganz sicher!

Ende

Vielen herzlichen Dank! NAKATA.

Too Close To Love

ist ein japanischer Manga, der originalgetreu von »hinten« nach »vorne« und von rechts nach links gelesen wird! Schlagt das Buch also »hinten« auf und blättert Seite für Seite nach »vorne« weiter! Auch die Bilder und Sprechblasen werden von rechts oben nach links unten gelesen, wie es in der Grafik gezeigt wird! HAYABUSA wünscht gute Unterhaltung!

HAYABUSA
2024 Carlsen Verlag GmbH · Völckersstraße 14-20 · 22765 Hamburg
Aus dem Japanischen von Diana Hesse
KOI WO SURU NI WA CHIKASUGIRU
© 2021 Akira Nakata / ShuCream Inc.
All rights reserved. First published in Japan in 2021 by ShuCream Inc.
German translation rights arranged through TOHAN CORPORATION, Tokyo.
Original Cover Design: Naoko Kawano(kawanote)
Redaktion: Marisa Gregoric
Herstellung: Maria Niemann
Alle deutschen Rechte vorbehalten
Wir behalten uns die Nutzung unserer Inhalte für Text und Data Mining
im Sinne von § 44b UrhG ausdrücklich vor.
ISBN: 978-3-551-62398-0

FOLLOW THE FALCON
HAYABUSA-MANGA.DE
hayabusa_manga
HayabusaTweets

MIX
Papier | Fördert
gute Waldnutzung
FSC® C083411
FSC www.fsc.org

Unser Versprechen für mehr Nachhaltigkeit
• Klimaneutrales Produkt
• Papiere aus nachhaltigen und kontrollierten Quellen
• Hergestellt in Europa